KB117777

가깝고도 먼 이름에게

가깝고도
먼   이름에게

1판 1쇄 발행 2022. 04. 01
1판 2쇄 발행 2022. 11. 01
지은이 가랑비메이커
편집 | 디자인 고애라
표지 사진 염서정 (@lyriyeom)
발행처 문장과장면들 (979-11) 966454
등록 2019년 02월 21일 (제25100-2019-000005호)
팩스 0504) 314-0120
이메일 sentenceandscenes@gmail.com
인스타그램 instagram.com/sentenceandscenes

세상에 작은 빛을 전하기 위해 책을 만듭니다.
문장과장면들은 우리가 이야기하는 방식입니다.

가깝고도 먼 이름에게

보내는 사람 · 가랑비메이커

제게는 수많은 이름들이 있어요. 손을 뻗어서 닿을 수는 없지만 두 눈을 감으면 비로소 선명해지는 이름들이죠. 이름들과 나 사이에는 너무나 많은 길이 있어, 어느 날에는 너무 빨리 도착했고 어느 날에는 영영 닿지 못했습니다.

지름길과 미로를 지나서 만나는 가깝고도 먼 이름들. 작은 연기처럼 사라지지 않을까, 걷잡을 수 없는 불길이 되지 않을까, 끝내 소리 내어 부르지 못한 이름을 이곳에서 마음껏 불러보았어요.

멀어지는 이름들의 등을 쓰다듬으며 긴 계절을 보냈습니다. 오래된 편지가 우리의 늦은 대화가 될 수 있을까요.

2022년 04월
가랑비메이커
가깝고도 먼 곳에서

일러두기

오래전에 쓰였으나 여전히 닿지 못한 마음을 그러모아 책으로 엮었습니다. 활자보다 목소리에 가까운 문장들은 소리 내어 읽으면 보다 깊이 음미할 수 있습니다.

You may not know, but I write you a letter.

당신은 모르겠지만 당신에게 편지합니다.

1부 | 희미한 이름에게

13 늦은 편지

15 시절의 너에게

18 울고 싶은 날이었어

21 다행

23 서사의 주인공

25 영감

27 환절기

31 남겨진 숙제

35 외로움과 자유함

38 시절 일기

40 현재진행형

43 뿌리

45 반짝이는 가난

47 새치

49 경쟁

50 자유한가요, 당신

52 무표정한 날들

54 가볍게 쓴 이야기

2부 | 선명한 이름에게

59 괜한 마음

61 애나

63 한 뼘의 방

65 눅눅한 산책

67 시차

69 수족냉증

72 오래된 변론

73 안부

75 해리에게

78 동경

79 낯선 곳

80 존중의 세대

83 순수한 애정

85 썰물

86 스카프

89 명장면

91 엄마는 왜

93 당신은 모르겠지만

95 몸살

3부 | 여전한 이름에게

105 오래된 진심

107 사랑과 믿음

109 구석의 계절

114 기울기가 같은 사람

115 플랫화이트

117 모래알

118 의자

120 꿈에서

122 다시 처음

124 새 아침

128 깨끗한 오늘

129 거의 다

131 깎는 시간

132 2에 달린 것

133 각자의 왕궁

135 익숙함

139 낯선 선물

141 식사

142 주어진 그대로

143 순물의 시간

144 소멸하는 계절

147 추신 : 보내는 계절

1부

희미한 이름에게

늦은 편지

그간 잘 지내셨죠. 왜 이렇게 편지가 늦었냐고 혹여나 당신이 따져 묻는다면, 달리 할 말이 없네요. 다만 그간 글을 쓸 상황이 아니었다는 말밖에는요.

정돈되지 않은 마음으로 써낸 글들은 결국 어디에도 내놓을 수가 없다고, 언젠가 당신에게 했던 말 기억하세요? 그때 당신은 아이처럼 웃으며 물었죠. 그럼, 어떻게 이리도 많은 책을 썼느냐고. 그러게 말이에요. 그때의 나는 어떻게 그토록 부지런하게 마음을 옮겨냈던 것일까요.

긴 계절을 책상에 앉아서 보냈어요. 그간에 썼던 편지들은 모두 제 서랍 안에 있어요. 도저히 부칠 수 없더라고요. 꾹꾹 눌러쓴 글자 뒤에 숨은 구겨진 마음과 흐물거리는 신념을 행여나 들키지는 않을까 두려웠거든요.

어렵게 쓴 글자들이 조금도 아깝지 않다면 거짓말이겠지만, 서랍을 닫으며 그만 단념하기로 했어요. 나는 오래 이야기하고 싶은 사람이고 그러기 위해서는 나를 제대로 읽어줄 당신이 필요하거든요.

근사한 문장 뒤에 숨어 가장하는 일이 여전히 내키지 않는다는 것은 불행 중 다행일 거예요. 앞으로도 종종 편지가 늦을 예정이에요.
긴 침묵을 무심으로 읽지 말고 부디, 진심으로 읽어주기를 바라요.

다행

　불행 중 다행이라는 말을 습관처럼 뱉는 나의 불행을 궁금해하던 건 당신이 처음이었어요. 모두가 손톱만 한 나의 다행에 집중하며 옅은 격려를 건네는 사이, 나는 자주 외로워졌거든요. 거친 바닷속을 맨몸으로 허우적거리다가 겨우 나무판자에 몸을 실었다고 해서 당장에 어디든 갈 수 있는 것은 아니니까요.

　산만 한 불행 앞에서 기어코 손톱만 한 다행을 찾고 마는 나를 제대로 읽어준 것은 당신이 처음이었어요. 씩씩하게 웃는 얼굴 뒤에 드리워진 그늘에 가장 오래 머물러 준 것도 당신이 처음이었어요.

불안과 슬픔이 나의 것이어도 괜찮다는 당신의 말에 일곱 살 이후로 처음으로 주저앉아서 엉엉 울 수 있었어요. 까만 먹구름뿐인 날도 좋으니 어디선가 햇살을 빌려오는 대신 함께 우산을 쓰자던 당신의 앞에서만큼은 불행 중 다행이라는 말을 잊었을 수 있었어요. 내가 조금 더 단단하고 다정한 사람이 될 수 있었던 건 그늘의 시절을 함께 거닐어 준 당신이 있었기 때문이에요.

당신이 없는 계절에도 꽃이 피고 그늘이 져요. 당신이 없어도 나는 언제든 울고 웃는 사람이 되었고요. 누군가의 불행 중 다행보다는 다행처럼 보이는 불행을 읽는 눈이 생겼어요. 모든 게 나아졌어요. 덕분이에요. 당신이 없다는 것만 빼고요.

나의 숱한 다행 중 유일한 불행이 된 당신은 오늘도 어디선가 누군가의 그늘을 함께 거닐고 있겠죠.

시절의 너에게

하는 만큼 되는 세상이라고 믿었던 시절이 문득 그리워지곤 해. 이불을 힘차게 걷어차며 일어날 때면 새로운 도화지를 얻은 아이처럼 마음이 간질거렸던 그 시절의 나는 대책없이 뜨거웠지. 열정이라는 게 젊음에 없어서는 안될 무기였잖아. 그 무기가 제 스스로를 해치는 쪽일지는 몰랐지만 말이야.

화려한 불꽃같던 기억이라도 있었다면 지금 이렇게 잔 부스러기 재처럼 남겨진 우리가 조금은 자랑스러웠을까.

모르겠어, 난 정말. 나를 보는 네 눈동자 속에 비친 내게 무슨 말을 건네야 할지.

짧은 시간에 많은 걸 견뎌야 했기 때문일까. 너무 빨리 늙어버린 기분이 든다고, 네가 그랬잖아. 우리는 아직도 젊음과 청춘에 기운 시간을 살아가고 있는데 너무 일찍 전부를 태워버린 탓에 입을 열면 냉기만 가득하다고.

하얀 한숨과 함께 내뱉던 네 말이 이제는 내가 했던 말일까 싶을 정도로 헷갈려.

세상이 전쟁 같다면 어리숙함과 투박한 열정을 무기 삼아, 이겨내고 말겠다던 한낮의 뜨거움은 이제 그 무엇도 아닌 비기는 삶을 바라는 고요한 꿈이 되었어.

이제는 알거든. 우리의 젊음에 어떤 이유를 더하고 뒤흔드는 일이 얼마나 무용한 비겁함인지. 그 자체로 찬란한 시절을 더는 한 줌도 내어주고 싶지 않아.

그럼에도 참 이상하지, 여전히 그 시절이 그리워지곤 해. 손바닥 위에 올려진 작은 도화지만으로도 무한한 세계를 꿈꾸던 무모하고 무지하던 희망 같은 것들이.

울고 싶은 날이었어

적당히 멀고 충분히 깊은, 그런 사람이 있다면 어떨까요. 자주 울고 싶었던 하루였다는 고백에 애정하는 것들이 많았구나, 하고 답해주는 사람이 내게 있었으면 좋겠어요.

흐르는 모든 것을 애정한다는 오래된 고백은 오늘도 여전히 유효하고, 그 애정은 언제나 웃음보다 울음을 동반해요. 괴짜 같은 나를 잠잠히 읽어주는 이가 있다면 그의 곁에서만큼은 나도 가장 보편적인 사람이 되어 가장 보통의 모양으로 오래 머물 수 있을지 않을까요.

누구든 쉽게 지나쳐버리는 것들이 내 걸음을 자주 묶어둔다는 것을 알아차리는 이가 있다면 좋겠어요. 자주 길을 잃는 내가 두려운 마음으로 도착한 그곳에 당신이 굳은 팔짱이 아닌 활짝 열린 품으로 나를 가만히 안아 준다면 얼마나 좋을까. 아무 말 없이 커다란 손을 머리에 얹어준다면 나는 주저앉아서 울어버릴 거예요. 틀림없어요.

엉망진창으로 쏟는 울음 앞에서도 당황하지 않을 당신일 테니까요. 내가 우는 건 그치기 위함이라는 것을 알고 있는 당신일 테니까요.

서사의 주인공

희극보다는 비극에 가까웠던 삶을 어떻게 버텼냐고, 누군가 묻는다면 달리 할 말이 없어요. 하얀 종이 위에 나를 닮은 그녀를 적어두고 도망치듯 달렸다는 말밖에는요.

머리를 흔들고 허벅지를 꼬집으며 부정하고만 싶던 서사를 거울 앞의 내가 아닌 작고 낡은 노트 안에 사는 그녀에게 밀어두는 일은 비겁하게 시작되었지만, 그 끝에는 늘 뜨거운 포옹과 깊은 감사만이 남았어요. 그녀가 나를, 내가 그녀를 안는 시간이었죠.

글을 쓰는 동안에는 삶을 연민하거나 자신하지 않을 수 있었어요. 울기보다는 이를 앙다물었고 시끄럽게 떠들기보다는 하고 싶은 말을 고르면서 그녀에게 다가가거나 멀어질 수 있었어요. 제 삶에 고개를 파묻느라 미처 알아채지 못한 손길과 시선이 그제야 보이기 시작했어요.

우물 안에는 짙은 그림자만이 아니라 작지만 분명한 빛이 함께 비치고 있다는 것을 알기 시작한 그 순간, 거짓말처럼 슬픔은 기쁨으로 전환된다는 걸 알게 됐어요.

멀리서 보면 희극, 그러나 가까이에서 보면 비극이라는 그 말이 제게는 다른 의미로 각별한 말인 셈이죠.

영감

영화와 음악을 좋아해요. 언제부턴가 극장보다 미술관을 더 찾게 된 걸 보니 미술에도 관심이 커져가는 것 같아요. 하지만 제게 영감을 주는 건 누군가의 예술이 아니라 바람과 풀, 강, 노을 같은 것들이에요. 그 자체로 온전해서 어떠한 목적이나 세계관을 따라서 가공되지 않은, 아니 그럴 수 없는 있는 그대로의 온도와 촉감, 냄새와 색과 형태예요.

내가 품은 감정과 안고 있는 생각에 따라서 얼마든지 짙어지고 옅어질 수 있는 것에서 제 이야기는 시작돼요. 이미 누군가 설계해 놓은 세계는 존중과 감상의 대상에 지나지 않아요. 이따금 아주 좁고 깊은 영감을 느낄 때도 있지만요, 늦은 오후에 느적느적 산책로를 거닐며 발견한 수많은 의미들, 시시각각 다른 모양으로 찾아오는 아름다운 애틋함이 내게 남긴 것에는 비할 수 없죠.

누구의 것도 아니기에 오직 나만의 것이 될 수 있는 걸 오래도록 음미하고 마음대로 해석하기를 좋아해요. 그것이 제게 영감이라면 영감일 거예요.

환절기

요즘은 핑계가 늘어요. 그래요. 가을이라서[*]
그래요. 이 계절은 그 어느 핑계보다 일리 있는
핑계라는 생각을 해요. 서늘한 아침 기운에 커튼
을 닫았다가도 이내 환하게 쏟아지는 햇살에 다
시 활짝 여는 일, 변덕스러운 창밖의 온도만큼이
나 갈팡질팡하는 이 마음을 달리 어떻게 설명할

저서 『지금, 여기를 놓친 채 그때, 거기를 말한들』
p115. 가을, 낭만의 핑계

수 있겠어요. 어느새 두렵고도 반가운 마음으로 기다리는 환절기가 왔네요.

창밖의 환절기와 함께 인생에도 환절기가 당도한 것 같아요. 제 삶의 풍경은 언제나 변함없을 거라고 믿었던 시절이 있었어요. 환절기가 오기 전까지 우리는 그 시절, 그 계절이 마치 영원하기라도 할 것처럼 살아가니까요. 하지만 마침내 제 삶에도 마른 기침을 콜록이는 환절기가 시작됐어요.

무심하고 무던하게 환절기를 건너오는 사람들이 늘 부러웠어요. 작은 변화에도 민감한 저는 창밖의 풍경이 달라지기도 전에 통통 부은 눈과 함께 마른 기침을 뱉기 바쁜 사람이니까요. 매년 찾아오는 계절의 전환에도 이토록 유난스러운 제 인생의 환절기는 이렇게 흘러가고 있어요.

무엇 하나 정돈하지 못한 채 마음도 몸도 목적 없이 분주해요. 그 탓에 하루가 짧아서 내일을 당겨쓰는 오늘을 살고 있어요. 생각은 늘 안에서만 머물러요. 입안에는 옅은 단맛만이 나고 두 귀는 제 목소리를 기억하지 못하는 날도 있지요. 깊은 물속에 잠긴 채 팔과 다리를 느적느적거리는 기분이라고 하면 설명이 충분할까요.

그렇다고 해서 이 시간이 무겁고 축축하기만 한 건 아니에요. 명료하지 않은 감정과 생각은 제게 글을 쓰게 하거든요. 어딘가에 전화를 걸어 모조리 쏟아내고 싶은 충동이 들기도 하지만, 수화기 너머로 흘려보내기에 이 정체불명의 감정은 너무나 커요. 전화기를 드는 대신 하얀 창을 켜요. 키보드를 두드리며 목과 가슴에 걸려 있는 덩어리를 잘게 조각내는 시간은 이 환절기에서만 누릴 수 있는 하나의 축복인지도 모른다는 생각을 합니다.

후-, 바람에 흩날리지 않을 정도로 부수고 남은 문장들은 편지가 되었어요. 조금은 두서없고 지나치게 사적인 이 이야기가 당신에게 닿을 때면 나는 분명 새로운 계절의 절정에 닿아 있을 거예요. 이미 지나버린 나의 환절기를 숨죽인 채 읽어가는 지금의 당신에게 이 오래된 편지가 소박한 위로와 안내가 돼줄 수 있지 않을까 하는 막연한 기대를 해봅니다.

　헤매는 이들의 걸음이 가장 아름다운 지도가 된다는 믿음을 만지작거리면서요.

남겨진 숙제

글이란 참 신기하지. 분명 내가 남긴 이야기
인데 그 시점을 지나고 나면 쓰는 나는 사라지고
새롭게 읽는 나만 남는다는 게. 그 시절의 내가
이해의 대상이 된다는 게. 새로운 숙제처럼.
휘발된 시간 속에서 조금은 오해를 하고 조금은
더 너그러워지기도 하면서 말이야.

어제는 우연히 오래된 노트를 펼쳐봤어. 오
랜만에 손으로 습작을 남기고 싶었거든. 앞장이
비어 있길래 아무것도 적혀 있지 않은 줄로만 알
았어.

차르륵,

　무심코 넘겨보니 맨 뒷장에 아주 작은 글씨로 비밀처럼 남겨진 흔적이 있었어. 관련 없어 보이는 단어들이 몇 개 나열되어 있었고 서로 다른 날에 남긴 것처럼 보이는 짤막한 문장들이 산발적으로 새겨져 있었어.

　언제 어디서 났는지 기억조차 나지 않는 노트에 적힌 말들은 정말 내 것인지 다른 누구의 것인지 모를 만큼 낯설었어.

　네가 종종 춤을 추는 건지 우는 건지 모르겠다던 내 못난이 글씨가 아니었더라면, 암호처럼 남겨진 그 문장들을 무심코 지나쳐 버렸을 거야. 삐뚤빼뚤하게 쓰여 있던 몇 글자는 지난밤에 남겼던 일기와 닮아 있었어. 나는 그걸 힌트 삼아서 수년 전의 나를 해독하기 시작했지.

　한 글자 한 글자 짚어가며 읽기 시작하니 작고 그늘진 방 안에 엎드려서 진심을 낙서처럼 남기던 아이가 보였어. 설익은 사랑과 방향을 잃은 미움으로 시끄럽던 속을 꼭꼭 닫아두었던 어린 나였어.

꾸역꾸역 삼켜내는 일에 신물이 날 때면 작은 노트를 펼치기 시작한 건 그때부터였던 것 같아. 아무도 찾아오지 않는 방 문을 꼭 걸어 잠그고 조심스럽게 노트를 펼쳤어. 정말 하고 싶은 말이 생길 때면 언제나 앞 장이 아닌 뒷장을 펼쳤어. 구구절절한 마음 대신 무심한 척 툭툭 던져 놓는 단어들 몇 개가 전부였지만.

언젠가 누군가에게 발견된다고 해도 너무 초라하지는 않을 만큼, 끝내 발견되지 않는다 해도 깊은 실망은 하지 않을 수 있을 만큼만. 두렵고 비겁한 마음은 숙제를 남기듯 진심을 풀어놓게 했지.

어쩌면 그 습관이 지금 이 편지에도 고스란히 남겨져 있을지도 모르겠어.

인내심을 가지고 나라는 암호를 한 자 한 자
해독하며 풀어줄 사람이 나 말고도 어딘가에 또
있을까.

외로움과 자유함

나는 늘 무리에서 한 발자국 떨어져 있었어.
좁은 골목을 나란히 걷고 한 그릇의 음식을 사이
좋게 나누어 먹었지만, 분명 그들과 난 함께는
아니었던 것 같아. 시끄럽게 떠드는 그들 사이에
서 나는 늘 조금 더 일찍 웃음기 가신 얼굴로 다
른 생각을 했거든.

우리는 홀수였고 나는 종종 홀로 남겨져야
했어. 그들의 짝이 자연스럽게 바뀌는 사이에도
내 옆자리는 변함없이 비어 있었지. 난 그게 참
편하더라. 아무 말 없이 턱을 괴고 창밖을 바라

볼 수 있고 조금 유별난 취향의 노래를 나눠 들으며 난처한 질문에 대구할 필요도 없었으니까.

단 하나 마음에 걸리는 게 있다면, 무리가 쪼개질 때마다 덩어리가 되지 못하고 작은 점이 되는 나를 누군가에게 들키는 일이었어. 외로운 아이처럼 보이지 않기 위해서 더 큰소리로 웃고 씩씩하게 걷던 시절이었으니까.

비가 내리던 어느 오후, 아이들은 작은 우산을 나눠 쓰고 몇 발자국 앞서 걷고 있었어. 이인삼각을 하듯 조금은 불편하고 조금은 다정하게 보이던 뒷모습을 보며 걷는데 어디선가 나타난 J가 내게 말했어.

"넌 이따금 혼자인 것 같더라.
별뜻은 없어. 좀 자유로워 보여서."

그때 알았어. 외로움과 자유함은 같은 모양을 하고 있다는걸. 그래서 이따금 제 자신도 오해하게 만들기도 한다는 걸 말이야.

그날 눅눅한 공기 중에 들려오던 J의 말이 아니었더라면 난 나를 오해하고 있었을 거야.

외로운 사람이라고.

시절 일기

일은 해야겠고 계절은 너무 빠르게 흘러요.
그 사이 담지 못한 장면이 있으면 어떡하죠.
계절은 언제나처럼 돌아온다지만 같은 얼굴을
한 적은 단 한 번도 없잖아요. 요즘은 다 쓰기도
전에 사라져 가는 기억들이 늘어서 두려워요.
어제는 지난 계절에 썼던「유한하고 사소하여」
를 다시 읽었어요.

저서 『지금, 여기를 놓친 채 그때, 거기를 말한들』
p146. 유한하고 사소하여

쓰는 사람들은 언제나 옅은 두통처럼 조바심을 안고 산다. 글을 쓰기 시작할 때면 마치 대단한 무언가라도 되는 것 같은 착각을 하다가도 점을 찍고 나면 한없이 유한하고 사소한 자신을 깨닫는다.

이 문단을 쓰며 얼마나 큰 해방감을 느꼈는지 몰라요. 어제의 조바심은 결국 오늘과 내일의 조바심이 될 테고 쓰기 위해 지나와야 할 삶의 몫은 여전하겠지만, 나는 여전히 같은 생각을 해요. 글만 쓰며 살면 얼마나 좋을까요. 그럴 수 없기에 갈망하는 이 삶에 찾아오는 황송한 문장들은 언제나 나를 다독이지만요.

계절의 끄트머리, 다 늦은 밤에 남기는 문장이 당신에게 도착할 때면 나는 어느 시절, 어느 길목에 있을까요. 그땐 또 어떤 갈망과 조바심으로 고개를 갸웃거리고 있을지. 은근하게 기다려지는 밤이에요.

현재 진행형

어제저녁에 당신이 내게 물었잖아요. 아직도 밤에는 글을 쓰고 낮에는 산책을 하느냐고요. 그때 옆에서 부지런히 젓가락질 하던 H는 당신을 나무라듯 말했죠. 모르는 소리 말라고, 버티는 게 이기는 거라고요.

그 말에 귀가 빨개진 당신과 얼큰하게 취한 H가 작은 실랑이를 시작했고 그러던 중 아무도 시킨 적 없는 파전이 나왔어요. 갑자기 비가 온다고 나온 서비스였어요. 우산도 없이 왔으니까 배라도 잔뜩 채우고 뛰어가라는 다정한 그 말에 당신도 H도 멋쩍게 웃으며 파전을 찢었죠.

당신이 내게 건네준 파전 조각은 참 컸어요. 배가 고픈 건 아니었지만 그 마음에 보답을 하고 싶어서 한 입에 넣었어요. 부지런히 입을 오물거리며 당신의 물음에 대한 답을 생각하고 있었죠. 겨우 다 삼키고 이제 막 입을 떼려는데, 이번에는 H가 제 접시 위에 파전을 올려두었어요.

턱을 괸 채 나를 바라보던 H. 하는 수없이 공평하게 그의 파전도 입에 넣었어요.

"그러니까 전..."

미지근한 물로 입안을 헹구고 입을 떼자마자 당신은 급한 전화가 왔다며 어디론가 나가버렸고 H는 테이블 위에 엎어졌어요. 내 말을 들어줄 귀는 그곳에 없었어요. 그럼에도 나는 꼭 답을 해야 하겠기에 편지를 합니다.

나의 삶에 아직도를 묻는 당신께, 나는 아직도가 아니라 여전히 글을 쓰고 걷는 삶을 살고 있다고요. 버티기만 하면 이길 거라던 H에게는 나의 삶은 끝을 기다리며 버티는 것도 누군가를 이기기 위해 하는 싸움도 아니라고요.

답을 위한 물음은 아니었다는 것을 알지만 그럼에도 당신과 H에게 꼭 전해주고 싶었어요. 어젯밤이 아니었어도 꽤나 오래 준비되었던 대답이었는지도 몰라요.

나에게는요. 한 뼘의 자리에서 시름하는 밤과 성큼성큼 어디론가 나아가는 한낮의 산책은 언제라도 현재 진행형일 거라고요. 나의 삶이 과거형이 되기 전까지는.

뿌리

아름다운 열매와 굵은 가지를 가졌다고 해도 뿌리가 없으면 그저 찰나에 지나는 것에 불과해. 매일의 숙제는 나의 맨 아래, 처음의 정체성을 아는 것. 흙 속에 감춰진 뿌리가 가장 아름다운 삶일 수 있게.

드러내고 싶은 마음이 신물처럼 올라와도 삼켜낼 수밖에 없는 건 다행인지도 몰라. 가장 은밀하고 깊숙한 곳에서 연약하지만 촘촘하게 얽혀 있는 시선을 발견할 수 있다는 건 비밀스러운 축복일 거야.

아무도 모르게,라는 말에는 외로움보다 커다
란 보호와 깊은 안위가 있다는 것을 배웠다는 것
만으로도 충분해. 우리의 아름다움이 저 아래 저
깊이 가라앉아 있다는 사실에 여전히 새 웃음과
눈물을 짓곤 해.

반짝이는 가난

다른 선택지는 생각해 볼 수 없어 글을 쓰기 시작했다는 작가 S. 옷을 사 입기 위해 미친 듯이 그림을 그려야 했다는 화가 P. 누군가 휴지통에 버린 구겨진 오선지를 슥슥 펴서 그 위에 음표를 그렸다는 음악가 K.

달려오는 가난에 등 떠밀리듯 남겼던 습작이 그들에게 남긴 게 배부른 끼니, 따뜻한 옷, 안락한 집만이 아니라는 걸 알아. 지독한 가난에 고약한 고집이 더해질 때 비로소 순도 높은 예술이 남지. 그걸 흉내 낼 수 있는 건 오직 더 혹독한 가난, 더 집요한 고집뿐이라는 걸 알고 나니 분명해졌어. 가난한 마음에서 시작된 것들을 사랑하고 존중할 수밖에 없다는 걸.

그래서 나, 주머니를 뒤집어 놓은 채 걷고 있는 지금이 부끄럽지 않아.

새치

어릴 적에는 듬성듬성 난 흰머리가 얼마나
부끄러웠는지 몰라. 아무리 날이 더워도 높게 묶
은 머리는 생각도 하지 못했어. 희끗한 머리카락
을 꼭꼭 숨기기 위해서 나는 사계절 내내 긴 머
리를 풀어 헤치고 지냈지.

버스나 지하철 안 내 자리는 언제나 열차 맨
구석. 빈자리가 나면 가방 속에서 모자를 꺼내
쓰고서 고개를 푹 숙였어. 하얀 머리카락과는 거
리가 먼 어린 얼굴을 감추고 싶었거든.

하지만 이제는 모자 없이도 지하철을 타.

덥지 않아도 머리를 높이 올려 묶는 날이 있어. 더는 어디서도 고개를 숙이지 않아. 비로소 하얗게 센 머리에도 질문이 따라오지 않는 나이가 됐거든. 결국, 시간이 나를 자유하게 한 거야.

시간이 반드시 필요한 문제들이 있어. 하얀 머리카락을 까맣게 칠한다고 해서 하얗게 자라나는 뿌리를 막을 수는 없어. 아무리 애를 써도 제자리를 찾아오는 문제 앞에서 우리가 할 수 있는 건 가만히 멈춰 서서 시간을 두고 바라보는 일이야. 문제가 문제가 되지 않을 때까지.

나는 이제 듬성듬성 난 새치를 가장 완벽히 가려줄 백발의 시간을 기다리는 중이야.

경쟁

결핍만큼이나 풍요도 우리에게서 많은 것을 앗아가죠. 다만 우리가 무엇을 빼앗겼는지 알아차리기까지 긴 시간이 걸릴 뿐이에요.

결핍이 풍요와 경쟁할 수 있다는 것은 결코 우스갯소리가 아니에요. 정말, 무서운 이야기이죠.

자유한가요, 당신

    요즘 저는 삶에서 자유가 얼마나 중요한지 알아가고 있어요. 스스로 숙고하고 결정하며 나아가는 힘에 대해 자주 생각해요. 지켜야 하는 신념을 구기지 않고 펄럭이며 걸어가는 게 전속력으로 달려가는 열차 안에서 목소리를 낮추는 일보다 가치 있다고 믿어요.

    야! 하고 외쳤을 때 호! 하는 이가 없어도 매일 목소리를 내는 일, 부축해 주는 이 없이 홀로 땅을 짚고 일어서는 일. 이것이야말로 삶의 숙제가 아닐까요.

바람을 맞서는 일은 조금도 익숙해지지 않지만 저 멀리서 같은 곳을 향해 나아오는 이들을 발견하는 일은 틀림없는 나그네를 위한 선물이에요.

더는 의심하지 않게 됐어요. 지금 나아가는 이 길이 방황이 아닌 단 하나의 여정이라는 걸요. 증거는 충분하잖아요.

무표정한 날들

잊을 수 없을 것 같던 일들이 자꾸만 작아져요. 작아지고 작아지다가 허락도 없이 소멸해요. 내일은 없을 것만 같던 오늘이 모여서 참 무겁고 긴 세월이 됐어요. 거짓말처럼. 치사스러울 정도로 정확하던 기억력 탓에 사람들은 나와 말하기를 꺼렸는데 이제는 매일 밤 홀로 희미해진 기억을 붙잡고 있어요.

그때, 그 자리에 그 사람이 그 표정을 정말 지었을까요. 내가 보고 맡았던 것, 그 어느 것에도 확신이 없어요. 함께 나눈 문자들과 사진을 보아도 마치 꿈 속인 듯 믿기지 않아요. 모든 게 거짓말처럼 남겨져 있어요.

가슴을 찢어놓던 슬픔도 벌렁거리던 기쁨도 모두 어디로 간 것일까요. 가시지 않을 것만 같던 열기는 흔적도 없이 사라졌고 나만 홀로 오래된 거리를 무표정하게 걷고 있어요.

슬픔을 덜어내는 것만이 기쁨 속에 허우적거리는 것만이 오늘의 숙제였던 시절은 완전히 흘러가버린 것일까요. 난 아직도 젊음의 한 가운데 있는데.

가볍게 쓴 이야기

가볍게 쓴 이야기지만, 무겁게 읽어줬으면 좋겠어요.

가볍게 내려놓기까지 얼마나 오래 무거운 시간을 견뎌야 했는지, 손끝에 쥔 힘이 어깨를 얼마나 자주 뭉치게 했는지 당신이 알까요. 낯선 이름과 닿은 적 없는 장면 뒤에 숨어서 늘어놓았던 이야기를 지금, 여기 아무도 없는 한가운데에 데려오기까지 얼마나 잦은 뒷걸음질을 쳤는지— 전부 꺼내 보일 수 없지만, 그런 시간이 있었어요.

여전히 혼잣말처럼 입을 떼고 있지만 이야기를 멈추기 전에 마주하게 될 당신을 확신해요.

우리는 지금 대화를 하고 있어요. 내가 조금 이르게 입을 떼었을 뿐이죠.

2부

선명한 이름에게

괜한 마음

괜한 마음을 써볼까. 음음음, 허밍만으로도 내가 떠올리는 노래를 이어 불러줬으면 하는 괜한 마음, 편안한 자리를 두고 비좁은 구석을 꾸역꾸역 찾고 싶은 마음 말이야.

그늘진 자리에 몸을 잔뜩 웅크린 채 선잠을 자고 싶어. 가방에 넣어둔 우산을 모른 척하며 두둑, 굵어지는 빗발 속으로 뛰어들고 싶은 이 마음.

너는 그런 마음을 아는지.

나조차 해석할 수 없는 희미한 마음을 읽어
줄 누군가를 기다리는 욕심을. 초라하게 잠든 나
를 번쩍 들어서 옮겨줄 이를 기다리는 애처로운
곁눈질을. 도착하기 위하여 방랑하는 이 마음을
너는 아는지.

애나

영어 이름을 애나로 하려고 해요. 영영 필요가 없을지도 모르지만 오늘부터 그렇게 정했어요. 좋아하는 영화들 속 그녀들의 이름이 애나라는걸, 우연히 발견했거든요.

서늘한 눈빛 속에 사람을 향한 갈망을 숨겨두었던 영화 <만추>의 애나 첸. 모든 걸 뒤로하고 그저 사랑만을 갈구하던 영화 <노팅힐>의 애나 스콧. 서로 다른 삶을 사는 애나들, 조금도 닮지 않은 그녀들이 내게는 왜 이토록 하나같이 짙은 여운이 남아서 좀처럼 물러나지 않는 건지 모르겠어요.

가을처럼 서늘한 표정의 애나 첸과 봄처럼 환한 미소를 가진 애나 스콧. 그녀들의 간극, 그 어디쯤을 헤매는 게 나인지도 모르겠어요. 그녀들의 이름이 내 이름과 비슷하다는 사실도 까닭 모를 친밀감에 일조를 하고 있지 않을까요.

이름으로 불려본 적이 언제였는지 까마득하지만 애나- 하고 부르는 소리에, 오래 잊고 있던 목소리들이 저 멀리서 나를 향하여 달려오는 것 같았거든요.

사람에게 이름이란 무엇일까요. 어릴 적에는 원한 적 없던 이름이 부끄러웠어요. 그 탓에 참 많은 이름들을 갈아입었어요. 그런데 이제는 내 이름이 무척이나 사무쳐요.

애나, 아니 애라. 나를 애라야, 하고 부르던 그들은 지금 어디로 갔는지. 나를 부르던 그들에게 나는 어떤 계절의 표정을 지었는지. 늦은 그리움이 빠르게 번져가는 중이에요.

한 뼘의 방

비겁하게 들릴지 모르겠지만, 이따금 오직 한 사람만을 향하여 글을 써요. 그 사람만 읽지 못할 것 같은 생각에 언제나 희미한 마침표를 찍지만요. 이따금 내 문장의 시작은 오직 한 사람으로부터 가능해져요.

다음 장으로 넘어가기 위해서는 써야만 하는 시절이 있어요. 이제는 저 먼 곳으로 나아가고 싶은데, 현관문을 열기 전에 방 문을 먼저 열어야만 하는 것처럼 나는 다시 그곳으로 돌아가요. 여전히 내게는 한 뼘의 작은방 같은 사람.

그를 쓰는 페이지가 늘어갈수록 방은 점점 좁아지겠죠. 조금만 더 쓰면 마침내 나는 밖을 나서게 될 거예요.

푸른 들판과 파란 하늘, 투명한 바람. 광활하고 자유할 세계를 마주하기 위해서 나는 지금도 당신을 씁니다. 그러니까 이 문장은 미련보다는 결의에 가까운 것이라고 해두고 싶어요.

눅눅한 산책

아직 여름이 오려면 멀었는데 조금만 바쁘게 몸을 움직여도 금방 열이 나는, 나는 자주 그 밤을 떠올려.

유난히 마음이 잘 맞았던 그 여름밤, 눅눅한 산책길 말이야. 가진 것이라고는 튼튼한 다리와 지칠 줄 모르는 입이었지. 그것만으로도 우리가 세우고 허물었던 세계가 얼마나 근사했는지.

가도 가도 끝이 없던 그 밤을 유일한 다행으로 여겼던 우리. 욱신거리는 발바닥을 질질 끌면서도 누구도 그만이라며 멈추는 법이 없었어.

길고 긴 대화에는 반복되는 주제도 없이 늘 새로운 활력이 넘쳤지. 너는 계속 묻고 나는 끊임없이 답하고. 벼락 치기를 하듯 열성적으로 서로를 공부하던 그 밤을 기억하는 게 나쁘이라면 조금은 서글프겠지만 괜찮아. 잠시 곁을 스치며 아니, 점을 찍고 사라진 우리었으니까.

그러니까 그 여름밤, 눅눅한 산책길은 언제나 조금 늦고 유별난 기억력을 가진 내게 주어진 벌이자 선물, 나만의 몫이겠지.

시차

어제 우리가 나눈 말들을 다시 곱씹어 봤어요. 차 안에서 당신이 나에게 한숨처럼 뱉었죠. 더는 내게서 새로움을 느낄 수 없다고.

참 이상해요. 난 매일 새로워지고 있는데 당신은 여전히 어제에 머물러 있잖아요.

어제의 어제도, 어제의 어제의 어제도 당신은 내게서 늘 같은 것만 보았을 거예요. 나는 늘 내일의 당신을 보았는데 말이죠. 어제의 긴 터널을 빠져나올 당신, 오늘의 그늘을 벗어날 당신을요.

우리는 한 뼘의 공간을 사이에 둔 채 먼 시차 속에 있어요. 이제는 알아요. 우리가 더는 서로를 마주할 수 없다는 것을요.

그리하여, 어제의 나를 붙잡는 당신에게서 도망치기로 했어요. 희미한 내일의 당신을 가뿐하게 놓아주고서요.

수족냉증

누군가는 마음이 곤란해질 때면 빨개지는 얼굴이 부끄러워서 견딜 수가 없다고 하던데 나는 그 부끄러움을 부러워하던 아이였어요. 나의 부끄러움은 노란 얼굴을 창백하게 만들고 낮은 목소리를 떨게 했거든요. 그래서 자주 외로웠어요. 붉게 물든 얼굴 옆에 있는 창백한 얼굴을 알아차리는 사람은 잘 없잖아요.

눈치 없는 사람들은 무표정한 나를 단단하게만 봤어요. 대견해 하고 부러워했고 때로는 겁을 낼 때도 있었죠. 읽을 수 없는 표정과 낮은 목소리는 종종 오해를 불러왔거든요. 시간이 흐르면서 작고 미묘한 불안마저 숨길 수 있게 됐어요. 어떤 상황에서도 온화한 미소와 차분한 목소리를 잃지 않는 어른이 된 거예요.

그런데 한 가지 엉뚱한 문제가 생겼어요. 이번에는 손발이 차가워지기 시작한 거예요. 마음이 괴로울 때나 주저앉아 울고 싶을 때면 손발은 하얗다 못해 파랗게 질려갔어요. 아무도 모르는 나의 겨울, 나의 축축한 외로움이 작은 주머니에서 무거운 신발 속까지 번지기 시작한 거예요.

여유로운 웃음 뒤에서 열심히 손끝을 주무르던 나의 분주함을 누가 알까요. 좁은 화장실 칸에서 축축한 양말을 벗겨내려 용을 쓰던 나의 수많은 어제를요.

나는 여전히 빨갛게 달아오르는 얼굴이 부러워요. 나의 난처함과 괴로움을 가능하면 많은 사람들이 알아차려 주기를 바라거든요. 그러다가도 어느 날에는 얼어붙은 두 손을 아무도 모르게

조용히 어루만져 줄 단 하나의 손길을 기다리기
도 하죠. 오래된 외로움을 아무에게나 들키고 싶
지 않으니까요. 이토록 변덕스러운 나예요.

한결 같은 얼굴을 하고 있지만요.

오래된 변론

아무리 해도 넘치지 않는 게 있을까요. 좋아서 누르는 버튼도 두 번이면 무효가 되는걸요.

그러니까 우리가 무성의 흑백 필름처럼 색과 소리를 잃어버린 건 누구의 잘못도 아닐 거예요. 우리의 대화가 숱한 오역과 오해의 문장이 되어버린 것은 그저 넘쳐 흘러버린 마음 때문일 거예요.

안부

내가 당신에게 묻는 안녕은 언제나 '얼마나' 라는 수치와는 관계없는 '어떻게'의 방향이에요.

행복하게 지내고 있나요,라는 물음이 조금은 어색하고 이상하게 여겨지는 요즘이지만, 행복을 논할 만한 마땅한 시점이 언제 우리에게 있었나요. 싱거운 사람이 되는 건 제게도 조금의 용기를 필요로 하지만 그것만이 당신을 읽을 수 있는 길이라면 기꺼이 용기를 내려고요.

그래서 편지를 합니다.

당신은 지금 행복한가요. 잘 지내고 있다는 그 말, 행복에 가까워졌다는 것으로 생각하고 안심해도 될까요.

아직 긴 인생을 살지는 못했지만 사람을 조금 잃고 나니 그제서야 제가 잊었던 사람들이 보이더라고요. 그래서 그래요. 누군가에게는 불편한 오지랖일지 몰라도 누군가는 오래 기다렸을 물음을 슬며시 내놓는 거예요. 아무리 용기를 내어도 결코 닿을 수 없는 이를 떠올리며 시큰해지는 코를 감추고요.

당신, 정말 잘 지내고 있는 거죠. 솔직할 수 없다면 감추는 게 많은 대답 대신 가만히 침묵해주세요. 잠시 숨을 고르고 당신이 있는 곳으로 갈게요. 시름없는 얼굴과 시시콜콜한 이야기로 웃겨주는 일은 당신이 아니라 내가 해야 할 일이니까요.

당신은 잠시, 아주 잠시만이라도 숫자와 가면을 벗고 가벼운 산책을 나설 준비만 하세요.

해리에게 *

오늘 처음 알았어. 내가 걸음을 통통거리며 걷는다는 걸. 걸을 때마다 가벼운 배낭이 튀어 올랐다는 걸. 늘 뒤에서 걷던 네 텅 빈 마음에 내가 성큼성큼 걸어 들어왔다는 걸. 이 모든 걸 조금 일찍 알았더라면 어땠을까.

말할 때마다 턱을 드는 습관이 사라지는 건 의기소침해질 때뿐이라서, 늘 의기양양하던 나의 숙인 고개를 보는 일이 조금은 낯설고 또 조금은 은밀하고 특별하게 느껴졌다는 것. 풀 죽은 나를 위로할 때면 함께 서글퍼졌다가도 불쑥 자라나는 마음이 두려웠다는 것. 그 마음을 전할 말을 고르던 새벽을 길게 이어 붙인다면 한 계절쯤은 될 거라는 것.

밤마다 부풀던 마음은 환한 아침이 오면 어디론가 도망쳐버렸다는 너의 길고 고단한 시절을 나는 왜 조금도 눈치채지 못했던 것일까?

그 사이에 내가 누군가의 손을 잡고 사라졌다가 다시 나타나기를 반복했고, 그러면서 우리 사이가 느슨해지기 시작했다는 것. 그러다 우리 중 누가 먼저 서로를 찾지 않게 되었는지 더는 궁금하지도 서운하지도 않을 만큼 헐렁한 관계가 됐다는 것.

네 입에서 흘러나온 우리의 반쪽 서사가 전부 거짓말처럼 느껴졌어. 그 시절 우리가 진정 그토록 위태롭고 아름다웠을까. 힘이 들 때면 밤낮없이 너를 찾던 내게도 조금은 사랑이 있었을까. 사랑을 사랑인지도 모르고 놓친 채 시절을 낭비했던 걸까.

이제서야 어렴풋이 알 것도 같아. 내게도 너를 내 뒤에만 두고 싶던 마음과 네 앞에서만 쏟고 싶은 눈물이 있었다는걸.

조금 일찍 알았더라면 어땠을까. 다 지난 일이었다며 후련한 얼굴을 하고 있는 너의 앞에서 어떤 표정을 지어야 할지 모르겠어.

영화 「해리가 샐리를 만났을 때」(1989) 속 해리의 이름을 가명처럼 붙였어. 어차피 너는 모르겠지만.

동경

동경이 미움으로 가는 길은 경사가 크게 기울어져 있는 것 같아. 아무 생각 없이 서있다간 형편없는 마음이 되기가 쉽거든.

낯선 곳

　아무도 나를 모르는 곳으로 가야만 나를 알아갈 수 있을 것 같아. 어딜 가든 이 이야기 저 이야기로 나를 다 안다는 듯이 이야기하는 사람들 때문에 이젠 내가 누군지 도무지 모르겠어. 낯선 곳에 툭 떨어져야만 할 것 같아.

　닿은 적 없는 이방인들 사이에서만큼은 나를 아는 건 나뿐일 테니까, 그것만으로도 떠날 이유는 충분해.

존중의 세대

　"존중해 주세요."라는 말이 은유적 경고가 된 세대를 살아가고 있는 것 같아요. 바야흐로 존중의 세대. 적정한 거리를 두는 게 무심이 아닌 배려이고 벽과 격을 허문 가까움이 더는 정이 될 수 없는 세상이에요.

　동시대를 살아가며 저 역시 존중하고 존중받고 싶은 마음에 자주 머뭇거리게 돼요. 그러니까 근래 제가 과묵해진 건 당신과 더는 나누고 싶은 이야기가 없어서가 아니에요. 마음은 굴뚝인데 섣불리 뱉은 말들이 행여나 당신과 나 사이의 까만 연기가 될까 봐, 그래서 우리가 서로를 제대로 보지 못한 채 눈물만 글썽이게 될까 봐 두려워서 그랬어요. 오해를 만들고 싶지 않아서 한 행동이 더 큰 오해를 낳을 수 있다는 건 참 서글픈 모순이네요.

이따금 존중이라는 단어를 무기처럼 사용하는 이들을 만나곤 해요. 취향이고 신념이니 존중해달라는 사람들 가운데는 달라고 할 줄만 알고 줄 줄 모르는 이들이 있더라고요. 참 모순적이죠. 발끝부터 머리끝까지 높은 펜스를 쳐둔 것으로 모자라, 무방비 상태에 있는 타인을 향하여 돌을 던지는 이들이 있어요. - 존중해달라고요! 윽박을 지르면서요.

자신의 세계를 지키고 싶다는 말이 사실은 타인의 세계를 허물고 더 많은 영역을 차지하겠다는 뜻이었을까요. 저 역시 이따금 존중이라는 말 뒤에 숨은 과격한 눈빛에 못 이겨 제 세계를 한 뼘 내어 주어야 할 때도 있었어요.

그럼에도 그들을 고치려 들지 않았던 건, 그 마저도 존중받지 못했다며 따져 물을 그들이 보였기 때문이었어요. 쳇바퀴를 돌기에는 제 세계를 지키기에도 시간이 부족해서 관뒀어요.

제 세계도 존중해야 하니까요.

순수한 애정

순수한 애정 앞에서 나는 자주 슬퍼져요. 잘 모르겠어요.

원하지 않게 조금 이르게 사람들의 의중을 파악하게 됐고, 적절한 말을 골라 전하는 일이 조금도 어렵지 않았어요. 무엇을 원하는지 안다는 건 결국 무엇을 줘야 하는지 안다는 것이니까요. 하지만 아무것도 읽히지 않는 사람들도 있더군요. 순수한 애정을 순순히 내놓는 사람들이요.

두 손을 숨긴 채 수줍은 미소를 지으며 다가오는 그들에게 어떻게 눈을 맞춰야 하는지 몰라서 이리저리 시선을 옮기다 발끝만 보게 돼요.
아무것도 원하지 않는 이에게는 무엇을 내놓아
야 하는지, 도무지 알 수가 없으니까요.

모두가 돌아가고 나면 커다란 벽에 홀로 기
대어 가만히 읊조릴 뿐이에요.

나를 언제 알았다고,
나를 얼마나 안다고,
내가 무어라고.

그러다보면 별안간 커다란 슬픔이 밀려와요.
도무지 갚을 길 없음을 짐작한 빚쟁이의 슬픔이.

썰물

밀물같이 밀려왔다가 썰물처럼 빠져나가는
게 왜 비참한 일인지 아세요? 더는 아름다운 윤
슬도 근사한 파도도 볼 수 없지만, 상실 때문만
은 아니에요. 흔적 때문이에요.

지난한 시절의 상처를 감춰주던 바다와 부드
럽게 넘실거리던 물결이 흔적도 없이 사라져버
린 지금, 메마른 바닥 위에 남겨진 흔적을 벌거
벗은 심정으로 안아야 하는 것. 그것만이 오롯한
내 몫이라는 게 눈물 한 방울 나오지 않을 만큼
비참한 일이에요.

스카프

어릴 적에 저는 옷을 참 멋지게 입는 엄마가 좋았어요. 조금 일찍 엄마가 된 엄마는 엄마가 되어서도 여전히 예뻤어요. 공개 수업이 열리는 날에도 수많은 엄마들 사이에서 엄마를 찾는 건 어렵지 않았어요. 하늘하늘거리는 엄마의 스카프를 찾으면 됐으니까요.

밝은 색 바탕에 귀여운 도트 무늬, 어두운 감색에 하얀 물결무늬, 진초록의 단색 스카프. 새하얀 목에 언제나 스카프를 매던 엄마를 나는 단번에 찾을 수 있었어요.

푹푹 찌는 한 여름에도 얇은 손수건을 돌돌 말아 묶던 엄마의 비밀을 알게 된 건 언제부터였을까요. 정확히 기억이 나지 않아요.

　어느 오후 화장대 앞에 앉아 있던 엄마. 하얗고 보드라운 목에 난 기다린 흉터를 거울 너머로 가만히 바라보다, 서랍을 열어 형형색색의 스카프를 목에 대보던 엄마를 물끄러미 바라보았던 오후가 있었어요. 그때부터 나는 조금 낯선 감정으로 엄마의 스카프를 마주했어요. 조금은 애틋하지만 여전히 아름다운 엄마의 스카프를 말없이 매만져보기도 했고 용돈을 모아서 새로운 스카프를 선물하기도 했죠.

　오래된 흉터는 긴 세월에 작아졌고 이제 엄마는 스카프 없이도 자유로운 외출을 해요. 간편해진 엄마의 외출이 반갑지만 이따금 그 시절의 스카프를 떠올려요.

흉터를 덮은 엄마의 아름다운 고심, 수고로운 손길을 통해 배운 것이 많거든요.

명장면

명장면이라는 말, 참 이상하지 않나요. 분명 서로 다른 계절에 다른 사람과 다른 감정으로 마주했을 텐데 "그 영화는 그 장면이지."이라며 하나같이 입을 모으는 것 말이에요.

조금 삐딱한 면이 있는 사람이라서 그런지 영화를 볼 때면 늘 엉뚱한 다짐을 하곤 해요. 사람들이 말하는 그 장면에 조금도 흔들리지 않을 거라고요. 하지만 유치한 다짐은 늘 수포로 돌아가요. 명장면 앞에서 늘 누구보다도 크게 요동치는 마음으로 백기를 던져요.

아무래도 저는 제가 바라는 것처럼 특별한
사람은 아닌가 봐요. 그런데 이상하게도 그것이
싫지가 않아요. 오히려 묘한 안도를 느껴요.

'그 사람과 나,
우리 모두 비슷한 감정이었구나.'

닮은 구석이라곤 조금도 없는 이들이 한 장
면에서 같은 표정을 짓는 걸 상상하는 것만으로
도 위안이 되는 날이 있어요. 그런 날에는 컴컴
한 방 안에서 홀로 훌쩍거리는 순간도 초라하게
느껴지지 않아요. 이 영화를 알려줬던 j도 y도
언젠가 같은 장면을 앞에 둔 채, 휴지를 적셨을
테니까요. 시차가 조금 있을 뿐 결국 우리는 함
께 울고 웃는 것일 테니까요.

엄마는 왜

어제는 오랜만에 엄마가 집에 왔어요. 엄마는 왜 꼭, 다름 아닌 화장실 청소를 하는 걸까요. 어질러진 테이블이나 구겨진 이불을 정리하며 던지는 잔소리만으로도 나의 고독은 저 멀리 달아날 텐데. 왜 이토록 좁은 화장실 안에서 몸을 잔뜩 수그린 채 다 자란 딸들의 허물을 줍는 걸까요.

씻겠다며 들어간 그곳에서는 왜 물소리는 들리지 않고 바닥을 벅벅 문지르는 소리만이 가득하느냐 말이에요. 개운함은 온데간데없이 땀범

벅이 된 당신의 얼굴을 나는 무슨 낯으로 보아야
할까요.

엄마는 왜 아직도 화장실 청소를, 엄마는 왜
여전히 서늘한 가장자리에 머무르려 하느냔 말
이에요. 나의 어리고 서툰 삶의 구석을 그녀는
어쩜 그토록 쉽게 알아차리는 것일까요.

어째서 그 사실에 나는 이토록 마음이 놓이
는 것이고요.

당신은 모르겠지만

집으로 가는 길이 유독 길게 늘어지는 날이 있어. 외울 듯 익숙한 길인데 조금 헤매고 싶어지는 날. 누구와 대화를 하고 싶은 것은 아닌데 아주 혼자이긴 싫은 날. 전화를 걸기보다는 우연히 길에서 누구라도 마주쳤으면 하는 마음으로 걸음이 느려지는 날.

골목 구석구석에 늘어선 작은 가게들의 이름을 줄줄이 발음해 보고 거리에 가득한 이름 모를 얼굴들의 관계를 짐작해 보며 하릴없이 분주해지는 밤이 있어.

모든 것이 생경하기만 한 날, 그런 날에는 걸음에도 감정의 추가 달려 있어. 모두가 떠나기 위해 바삐 걷는 거리에서 홀로 머물기 위해 걷는 이 마음. 하얗게 터진 꽃들이 밝히는 밤하늘 아래에서 나는 누구의 시선도 없이 쑥스러워져.

함께 있을 때보다 더 많은 시선을 느끼고 많은 이야기를 듣게 되는 아무도 없는 날. 물음도 없이 대답을 하고 대상 없는 허락을 구하게 되는 날이 있어. 만난 적도 없이 헤어지기 싫어서 속도를 늦추며 나란한 걸음을 걷는밤.

그 밤, 아무도 모르게 너를 맡고 만지고 듣다가 돌아왔다는 걸 너는 모르겠지.

몸살

가을이 가혹한 이유는 무엇을 틔우기에도 무엇이 완전히 지기에도 짧은 계절이기 때문이겠죠.

마른 찬바람에 옷깃을 여미다가도 소리 없이 찾아온 뜨거운 볕에 땀을 흘리던 시월의 입구에서 당신을 보았어요. 온종일 홀로 떠도는 하루를 보내고도 외로움이 부족했던 건지, 집으로 돌아가고 싶지 않은 저녁이었어요. 아무런 이유도 없이 배회하고 싶어지는 마음과는 달리 몸은 무척 지쳐 있었죠. 어디든 좋으니 낯선 곳에 푹 잠겨 있고 싶었어요.

평소라면 오르기를 포기했을 가파른 계단을 지나서 그곳에 들어선 건 방황과 안착이라는 상충된 욕구에서 비롯되었을 거예요.

숨을 고르며 들어선 그곳에서 당신을 보았어요. 당신도 나를 보았죠. 환한 웃음을 머금고 있던 그 얼굴. 기대보다 더 어둡고 소란스러운 곳이었지만 걸음을 돌리는 대신 가장 깊숙한 곳으로 가 앉았어요. 모든 게 나답지 않은 전개였어요. 왜였을까요.

단정한 것인지 다정한 것인지 알 수 없던 당신의 목소리를 들으면서 당신의 손이 내어주는 와인잔을 응시하면서, 당신의 환한 얼굴을 떠올렸었어요. 고개를 돌려 당신을 마주보면 그만인 것을 왜 그랬을까요. 당신의 눈과 코와 입보다 어렴풋한 미소가 궁금했는지 몰라요. 알 수 없는 긴장을 숨기려 억지스럽게 펼쳐든 책과 유난스럽게 자주 오갔던 화장실 거울 앞에서, 희미한 당신의 미소를 떠올렸어요. 마치 다신 볼 수 없는 누군가를 떠올리듯이.

　당신을 처음 본 그 순간에 우리의 마지막을 이르게 직감했는지도 모르죠.

　당신은 그날의 나를 두고 말 붙일 수 없을 만큼 차가워 보였다고 했죠. 갑작스럽게 시작된 마음의 방황을 어떻게 다뤄야 할 줄 몰라 무작정 떠돌다 들어선 낯선 공간에서 마주한 환한 당신. 그 앞에서 나는 떨고 있었어요. 마음속을 굴러다니던 작은 부싯돌들이 제멋대로 마찰을 일으키려고 한다는 걸 알아차렸거든요.

　우리의 대화는 다이빙 같았어요. 발부터 시작해 무릎, 그리고 가슴으로 서서히 적셔나가는 게 아니라 처음부터 풍, 높은 곳에서 몸을 던지듯 시작되었죠. 발과 머리가 한 번에 젖었으니 가슴이라고 예외일 수 있겠어요. 자석 같은 이끌림으로 당신을 찾아가는 길은 어두웠고 두려웠어요. 물에 젖은 모든 것이 무거워지고 짙어지듯 마음도 마찬가지였죠.

나는 늘 당신을 내 왼편에 두려 애를 썼죠.
이유를 묻는 당신에게 엉뚱한 변명을 늘어놓았
지만 사실은 왼편 얼굴이 오른편보다 조금 더 낫
기 때문이었어요. 첫눈에 반한다는 말은 믿지 않
는다며 당신을 타박하던 내가 부지런히 당신의
오른 편에 섰다는 게 참 우습지 않나요.

　게다가 나는 틈만 나면 당신을 처음 조우하
던 그 순간, 그 환한 미소를 미련스럽게 그려보
고 있어요.

　불과 며칠 전까지만 해도 온전히 남이었던
당신이 그토록 친밀하게 느껴졌던 이유는 무엇
이었을까요. 겨우 몇 번의 만남으로 그친 우리를
이토록 깊이 앓는 이유는 또 무엇인지 모르겠어
요. 대화를 나눌 때마다 서로의 교집합을 발견했
기 때문이었을까요. 진부한 음악 취향부터 꼭꼭
숨겨두었던 삶의 흉터까지 닮아있던 당신.

　당신과 이야기를 나눌 때면 나를 지탱하던
수많은 선들이 툭 끊어지는 것만 같았어요.

난생처음 이리저리 휘청거리고만 싶었어요. 불안보다는 자유에 기울던 시간이었어요. 하지만 당신에게는 자유보다는 불안에 기울던 시간이었을지도 모르죠. 두 눈을 감은 채 더 깊이 까무룩 잠기고 싶었던 나를 깨운 건 다름 아닌 당신이었으니까요.

만일 당신이 정말 이 편지를 읽게 된다면 어떤 말을 할 줄 알아요. "그건 내가 아니라, 당신이었어요." 헤실헤실한 웃음을 머금은 채 들릴 듯 말 듯 한 소리를 낼 테죠. 지금부터는 만일의 당신을 위해서 써보려고 해요. 다정한 목소리로 나를 좋아한다던 당신에게 아무 말도 건네지 못하고 웃음을 지어 보이는 것이 전부였던 이유를요.

무표정한 계절을 거닐다 만난 당신 앞에서는 좀처럼 채워지지 않던 마음이 끝을 모르고 부풀었어요. 좋아했어요, 시작은 낯선 사람이었지만 서서히 친밀한 친구가 되어준 당신을.

시간이 흐를수록 나를 긴장하게 만들던 당신을 많이 좋아했어요. 당신을 잃기 전까지 내 하루에는 당신이라는 작은 불이 꺼지지 않았어요. 등 떠밀려 지나온 삶에 잊었던 나의 구석구석을 발견하는 시간이었어요. 잃어버렸던 것을 반가운 마음으로 움켜쥐기도 했지만 다시는 보고 싶지 않던 모습을 마주해야 하는 괴로운 순간이기도 했어요.

마음이 자라날수록 두려움도 커졌어요. 들키고 싶지 않은 마음에 퉁명스럽게 굴며 당신을 곤란하게 했어요. 비겁하다는 말로 당신에게 준 상처는 사실 내 것이었어요. 풀이 죽은 당신을 보며 나는, 당신이 짐작하는 것보다 많이 괴로웠고 두려웠어요. 그때 결심했어요. 모른 척 덮어둔 오래된 상처들로 얼룩져 있던 나를 직시하기로 한 거예요. 그러기 위해서 상처를 무기 삼고 당신의 마음을 인질로 삼는 비겁한 일을 그만두어야 했어요. 고맙게도 당신은 이런 나를 먼저 눈치챘죠.

그때부터 모든 일은 순조롭게 흘러갔어요. 슬픔과 동시에 옅은 안도를 느끼던 제 스스로를 경멸하면서도, 나는 다시 한번 더 당신을 붙들었어요. 아주 작은 목소리로요. 이별의 몫을 무겁게 진 당신은 고개를 저었고 그게 우리가 주고받은 마지막 언어였어요. 우리는 처음이자 마지막으로 손을 잡았죠. 그 순간 나는 당신을 몸살처럼 앓게 될 거란 걸 알았어요.

말없이 응시하던 신호등 불이 바뀌자 우리는 멀어졌어요. 잘 지내라는 말도 없이.

짧은 시절을 함께한 당신에게 이토록 긴 편지를 하게 될 줄은 몰랐어요. 앞으로 얼마나 더 당신을 앓게 될지 모르겠어요. 마주했던 시간이 짧았다고 해서 그리워하는 마음이 짧을까요. 낮이 짧다는 건 밤이 길다는 뜻이기도 하잖아요.

나는 이 그리움을 너무 이르지도 늦지도 않게 온전히 소진시키려 해요.

그 시작으로 당신에게 늦은 편지를 씁니다. 내게 가장 익숙한 방식이 행여 당신에게 상처가 되지는 않을까 몇 번이나 관두었지만 기어코 쓰고 말았어요. 나와 나누는 대화가 시처럼 느껴져 좋았다던, 우리의 만남을 짧은 영화처럼 기억할 거라던 당신이라면 이해해 줄 것 같았거든요.

고마워요. 아무도 모르게 당신과 내가 스치며 냈던 소리와 지었던 표정을, 그날의 서늘하고 축축하던 공기를 이렇게나마 붙잡아 기록할 수 있게 해줘서요.

이 편지는 당신과 함께한 짧은 가을 보내며 내가 앓았던 몸살의 유일한 증거이자, 비겁한 나의 변이에요.

3부
여전한 이름에게

오래된 진심

아름다운 시선을, 다정한 경청을, 상냥한 대화를, 따듯한 온기를, 하나의 내일을 바라는 일이 언제나 앞서기를 바라.

어떤 모양의 눈과 귀를, 어떠한 목소리를, 어떤 품을, 무엇을 얼마나 가졌는지 보다 더 깊고 넓은 가치를 바라는 일이 언제라도 먼저이기를 바라는 이 마음이 유치한 낭만처럼 치부되지 않기를 바라.

오래된 진심이 찰나의 유행보다 뒤처지는 일이 우리의 오늘에는 없기를 바라.

캄캄한 골목을 지날 때면 어린 길고양이들이
놀라지 않도록 걸음을 늦추던 너와 함께 꿈꾸던
세상이 매일 조금씩 멀어져 가는 것은 아닐까,
가끔은 겁이 나.

그럴 때면 우리, 그저 우리의 이야기를 하자.
사라지지 않고 삼켜지지 않도록. 이 오래된 진심
이 우리에게 남겨진 것처럼.

사랑과 믿음

요즘 그런 생각을 해요. 누군가를 사랑한다고 할 때 "너의 눈을 사랑해. 너의 머리카락을 너의 손을 사랑해. 하지만 너의 입술과 너의 코는 사랑하지 않아."라고 하지 않는 것처럼, 우리의 믿음이 조각조각 나누어져 존재할 수 있을까요.

"그래요. 이건 믿을게요. 하지만 도무지 저건 아닌 것 같아요."라는 고백이 진정한 믿음일 수 있을까요. 사랑도 믿음도 아닌 그 어디쯤에 머물러 있는, 나약한 바람이자 지나친 합리에 불과하다는 생각을 해요.

그래서 나약하고 불완전한 우리에게는 사랑
도 믿음도 그토록 어려운 것이겠죠. 아직 살아
보지 못한 내일을 조금 더 기대하며 평생을 통해
이뤄 나가야 할 숙제일 거예요.

그런데도 저는 그 길을 가보고 싶어요. 위태
롭게 흔들거리다 엎어질지라도, 전부만이 전부
가 되는 사랑과 믿음의 길을 꼭 가고만 싶어요.

구석의 계절

다름 아닌 가을을 좋아하는 이유는 많아요. 가족들과 습관처럼 떠났던 캠핑은 가을의 구석 구석을 좋아하게 만들었어요. 아빠의 차는 늘 울퉁불퉁한 비포장도로로만 골라서 달리는 바람에 가끔 멀미가 나기도 했지만, 덕분에 가는 내내 잠들지 않고 울창한 숲과 반짝거리는 저수지를 눈에 담을 수 있었어요. 볼멘소리로 엉덩이가 아프다고 했지만요, 어렴풋이 알았던 것 같아요. 빌딩을 등진 채 숲으로 달려나가는 아빠의 벅찬 마음, 계절 변화를 조금이라도 일찍 두 딸에게 전하고 싶은 조급함 같은 투박한 애정을요.

차에 올라타기 전까지는 억지로 끌려 나온 양 툴툴거렸던 언니와 저이지만, 아빠의 까만 무쏘가 씩씩하게 달리기 시작하면 우리는 서로를 등진 채 창문을 활짝 열고서 시원한 바람을 맞았어요. 좁은 백미러 안에서 아빠와 종종 눈을 마주칠 때면 머쓱한 웃음을 지었고요.

경쟁하듯 채워 넣은 플레이리스트 안에 선심을 쓰듯 끼워 놓은 '호텔 캘리포니아'가 흘러나올 때면 온통 푸른 창밖이 가본 적도 없는 캘리포니아처럼 느껴지기도 했어요. 휴일이면 동네 마트 안에서조차 카우보이모자를 쓰던 아빠는 어릴 적에 서부 영화 속 주인공을 꿈꿨을까, 귀엽고 서글픈 생각을 하면서요.

숲에 도착해서 가장 먼저 했던 일은 커다란

Hotel California-Eagles (1976) 긴 드라이브를 떠날 때마다 아빠가 틀어 놓던 노래예요.

트렁크에 담긴 짐들을 몇 번이나 나누어 옮기는 일이었어요. 텐트를 치는 아빠와 언니 사이를 오가며 작은 참견을 보태다 보면 어느새 숲속 작은 살림이 완성되어 있었죠. 밤이 내려앉은 숲속 작은 텐트에 옹기종기 누워 있으면 마치 이 세상에 남겨진 유일한 존재들이 된 것 같았어요.

아빠 말을 건성건성 듣다 미처 다 치우지 못한 자갈에 옆구리가 쿡쿡 찔리기도 하고 밤 사이 내린 이슬 때문에 나뭇가지에 걸어둔 자켓이 다 젖어도 괜찮았어요. 몸을 누이고 단잠을 자고 나면 그곳은 더 이상 낯선 밖이 아닌 식구들의 숨소리 가득한 집이 된다는 걸 몇 번의 가을 캠핑을 통해 배웠어요.

눅눅한 머리카락 사이로 불어오는 깨끗한 가을바람과 새파란 하늘과 하얀 구름을 올려다보며 이토록 더할 나위 없는 본연의 계절이 있을까 생각했어요. 지난밤에 미처 보지 못했던 바닥에 떨어진 밤송이와 작은 들꽃을 들여다보며 이 계절에서만 마주할 수 있는 섭리의 흔적에 감탄했죠.

"아빠는 가을을 타."

작은 낚시 의자에 등을 기댄 채 한숨처럼 새어나온 아빠의 말을 들으며 의자에 등을 기댔던 게 어느 해였는지 기억나지 않지만요, 그때부터 가을을 가장 좋아했을 거예요. 이제는 가을이 와도 그 시절 숲속 작은 방으로 함께 떠나기 위해서는 너무 많은 걸 내려놓아야만 하지만, 누군가 저에게 가을을 사랑하게 된 이유를 묻는다면 그 깊은 곳을 분주하게 오가던 우리라고 말하고 싶어요.

장작 냄새가 잘 빠지지 않는다고 투덜거리면서도 자꾸만 코를 박고 킁킁거리던 나, 언제나 가장 먼저 일어나 퉁퉁 부운 얼굴로 라면 물을 끓이던 아빠, 한밤중에도 귀찮은 기색 없이 멀리 있는 화장실까지 손을 꼭 잡고 다녀 준 언니.

화르륵-, 타오르는 장작 앞에서 우리가 나눴던 웃음과 한숨은 위태롭던 시절을 무탈하게 지날 수 있던 힘이자, 새 계절을 마중하는 방식이었다고.

기울기가 같은 사람

　유한한 값과 무한한 가치라는 선택지 앞에서 같은 쪽으로 기운 사람을, 어디까지 왔는지 보다 어디를 향해 가는지 알고 싶어 하는 사람을 만나고 싶어.

　멀리서도 서로의 실루엣은 충분히 짐작할 수 있지만 짓고 있는 표정과 그 안에 담긴 것은 가까이 들여다보아야만 알 수 있다는 건 축복인지 몰라. 아무에게나 보이고 싶지 않은, 가만히 지켜내고 싶은 게 있는 나와 같은 사람에게는.

플랫화이트

좋아하는 마음에는 거창한 이유가 필요하지
않는 것 같아요. 이를 테면, 제가 플랫화이트를
좋아하는 것처럼요.

불편한 구두를 신고 낯선 동네를 실컷 헤맸
던 어느 오후, 간판이 없는 카페에서 처음 마주
한 플랫 화이트. 어딘지 모르게 우아하게만 느껴
지던 그 이름이 좋아서 거친 숨을 고르고 천천히
발음했던 플랫-화이트. 그게 시작이었어요.

커피 맛도 잘 모르는 제가 아메리카노보다

천 원, 라떼보다 오백 원 더 비싼 플랫화이트를 척척 주문하게 된 것은 순전히 이름 탓이었어요.

이름으로 마시는 커피도 있냐고 핀잔할지도 모르겠지만, 내게 플랫 화이트는 마시기도 전에 그 이름을 발음해보는 것만으로도 기분을 근사하게 만들어주는 오래된 선호예요.

애정에는 참 다양한 이유가 있어요. 우습게 시작해서 오래 머무는 마음도 있어요.

모래알

흔하다고 해서 소중하지 않은 게 아니에요.
유일한 게 꼭 정답은 아닌 것처럼.

둘러싸인 것들에 불만이고 늘 새로운 것만을
갈망하는 이는 진주를 찾겠다며 바위 틈만 보고
있지만, 누군가는 손바닥 안에서 반짝거리는 모
래알에 넋을 놓으니까요.

의자

집에 오는 길에 푹 꺼진 자리가 유독 서글퍼
보이는 의자를 봤어요. 귀뚜라미도 느리게 우는
가을의 밤이었기 때문이었을까요. 노란 가로등
불빛이 무성한 나뭇잎 사이로 희미하게 내려왔
기 때문일까요. 그건 아마도 텅 빈 자리에 짙게
남겨진 흔적 때문이었을 거예요.

초라하고 미련하게 늘어진 자리 위에 쌓인
거뭇한 먼지들이 자꾸만 눈에 밟혀서 쉽게 등을
돌리지 못했어요.

'하필이면 너를, 하필이면 오늘 발견해야만
했을까.'

괜한 원망을 얹으며 서있었어요. 비가 와줬
으면 좋겠다는 생각을 하면서요.

꿈에서

누군가 가장 절실해지는 동시에 절망이 되는 순간이 언제라고 생각하세요.

"지난밤 꿈에서 당신을 보았어."

이 말을 전할 수 없는 아침이 쌓여갈 때가 아닐까요. 당신을 만나고 싶다는 욕심은 낼 수도 없지만, 이른 아침 가장 먼저 떠오르고 가장 늦게 지는 얼굴이 당신이라는 것.

이 마음을 어디에도 전송하지 못한 채 흩어 놓아야 한다는 게 나의 절망이자 절실함이에요.

망연한 내가 할 수 있는 건 머리맡에 놓인 노트를 펼쳐 미련하게 몇 줄 적어 놓는 일이 전부예요. 이것만이 나의 고요하고 서글픈 아침의 유일한 증거가 될 테죠. 이토록 가난한 문장을 읽는 당신은 유일한 목격자가 될 테고요.

다시 처음

달력을 넘기는 일. 나는 그게 그렇게 좋더라. 이상하지. 시간이 너무 빠르게 흐른다고 불평하는 건 늘 나였는데, 달이 바뀔 때마다 미련 없이 달력을 넘기는 사람도 나라는 게.

모르겠어. 시간이 조금만 느리게 갔으면 좋겠는데, 새로운 달이 찾아오고 와르르 쏟아질 것처럼 무겁게 쌓인 숫자들이 부담스러워질 때쯤 다시 1, 처음으로 돌아간다는 게 안심이 돼.

지저분하게 쌓인 마음의 먼지와 해결되지 않은 갈등은 여전할 테고, 겨우 그 위에 깨끗한 종이 한 장 덮는 일이 전부지만 안심이 돼.

새 아침

언제부터인가 나이듦에 대한 생각이 많아졌
어요. 제 삶도 어제보다 오늘 더 하강과 소멸의
길로 스러져 가고 있다는 자각 때문인지도 모르
겠어요.

어딘가를 향해 걷고 있는 건지 그저 걷기 위
해 움직이는 것인지 모를 만큼 느린 걸음을 옮기
는 가녀린 다리를 마주할 때면, 시작보다 끝에
가까운 생은 어떤 표정을 하고 있는지 궁금했어
요. 동시에 아직 모르고 싶기도 했죠. 내게 남겨
진 세월을 착실히 밟아나갈 만큼의 호기심은 남
겨두어야 하니까요.

우연히 노인의 뒷모습을 마주하게 될 때면 서둘러 나아가 얼굴을 마주하는 대신 걸음을 멈추고 서서히 멀어지는 등에 오래도록 바라보았어요. 아무도 모르게 그 좁은 등을 한참 쓰다듬다 돌아왔죠. 묻지 못한 말들은 작은 주머니에 넣어두고서.

어느 새벽이었어요. 멀리서 작고 굽은 등이 보였어요. 어스름이 짙은 새벽 산책길에 목적지도 방향도 알 수 없는 미약한 움직임이 영원처럼 이어지고 있었죠. 어떤 마음이었는지, 나는 무작정 그 작은 등을 따라가고 있었어요. 보폭을 반에서 반으로 줄이며 따라가는 길은 천천히 멀어졌어요. 그러는 사이 잠들어 있던 매미들이 깨어나 시끄럽게 울기 시작했고 하늘을 드리웠던 어스름도 물러나고 있었어요. 이윽고 해가 떴고 거짓말처럼 주변이 환해지기 시작했어요.
그때였어요. 동그랗게 말린 작은 등이 활짝 펴지기 시작했어요. 환한 빛이 새어들던 커다란 가로수길 한가운데에서 그 모습은 마치, 우아한 공작새 같았어요. 작은 몸은 쏟아지는 햇볕과 나무 그림자가 만든 아름다운 무늬를 입고 있었죠. 나는 그 모습을 가만히 바라보았어요. 당장이라도 어디론가 날아갈 것 같던 그 모습에 경이로움을 느꼈어요. 천천히 주변을 둘러보던 그는 예고도 없이 방향을 바꿨고 나는 그와 마주 서게 됐어요. 마침내 그 표정을 읽어버린 거예요.

표정이 어땠냐면은,

당신이 성실히 지나야 할 세월을 위해 아껴 둘게요. 다만 이런 생각을 하게 되더군요.

생이 지속되는 한 우리에게는 언제나 새 아침이 당도한다는 것. 노인에게는 저무는 밤보다도 하얗게 새는 새 아침이 더 가까울지도 모른다는 것.

그리하여 나의 생각은 오늘도 어제만큼이나
어리고 오만하였다는 것.

깨끗한 오늘

실수를 용서하지 않고 잊지 않으려 하는 건 너무 서글픈 일이야. 말을 하기도 전에 대답하는 시작도 하기 전에 평가되는 세상에서는 유연한 사랑과 다정한 포옹을 기대할 수 없잖아.

실수가 잦은 나는 조금 더 홀가분한 오늘을 염치도 없이 구하고 싶어져. 헐벗은 이에게 아무 조건 없이 옷을 벗어 주는 우리를 꿈꿔.

그러니까 우리, 어제를 용서하고 깨끗한 오늘을 마주 설 수는 없을까. 정말 그럴 수는 없을까.

거의 다

거의 다, 라는 말을 습관처럼 뱉는 이에게는 게으름과 무심함이 아니라 진득한 애정이 있어요. 다 본 드라마보다 거의 다 본 드라마가 더 많은 사람, 소설의 엔딩을 보지 못해서 책갈피 끼워진 책들이 책장에 가득한 이들은 아직 헤어질 준비가 안됐거든요.

네모난 세계에 사는 나를 닮은 이들을 더는 볼 수 없다는 것이 서글퍼서, 나란히 걷던 걸음과 함께 울던 시간이 영영 과거형이 되는 게 두려워서 그들은 서사의 끝을 잠시 덮어둔 거예요.

조금만 기다려주세요. 그들에게 끝은 잊어버린 것이 아니라 미뤄둔 몫일 테니까요.

거의 다 알지만 전부는 여전히 모르고 싶은 그들에게 끝은, 고요한 시간에 아무도 모르게 숨을 고르며 마주하고 싶은 또 하나의 작은 세계일 테니까요.

깎는 시간

반질반질한 조약돌을 날카롭게 깎으면 무엇
이든 찌를 수 있어요. 날카로운 유리 조각을 둥
글게 둥글게 갈면 힘껏 움켜쥘 수 있고요. 결국,
무엇도 처음부터 무기는 아니에요. 어떤 마음으
로 어떤 시간을 견뎠는지에 달린 거죠.

뼈를 깎는 시간을 지나가고 있는 당신이 마
침내 어떤 모양이 되는지 나는 몰라요. 그저 말
없이 지켜만 볼게요. 지나친 경계도 섣부른 안도
도 없이.

2에 달린 것

그럴듯해 보인다는 건 결국, 진짜는 아니라는 말이잖아요. 구분이 가지 않을 정도로 닮았다고 해서 그게 무슨 소용이겠어요.

온전함이란 결국, 98의 문제가 아니라 나머지 2에 달려 있는 걸요. 우리는 왜 자꾸만 덩어리진 헛믿음을 버리지 못하는 걸까요.

각자의 왕궁

모두가 열심히 살아서 그래요. 너무 열심히 제각각의 방향으로요. 서로의 등을 보며 걷는 게 아니라 서로의 얼굴을 향해 돌진해서 그래요. 우리가 열심히 발을 구를수록 더 멀리 나아가는 것이 아니라 더 오래 묶이는 이유에는 다른 게 없어요.

세상은 자꾸만 나만의 길을 개척하라고 해요. 엉켜버린 길의 교통정리는 늘 뒷전이죠. 빵빵- 클랙슨을 울리는 사람들. 제 목소리를 내는 사람들은 거리를 쏟아져 나오는데, 누구도 들어줄 마음이 없는 것 같아요. 저마다 성을 쌓고 왕좌에 앉는 이 세상을 가만히 돌아보고 있노라면 저는 가진 것을 전부 내던지고 벌거벗은 채 거리에 나앉고 싶어져요. 이것 또한 나의 목소리, 나만의 길이라고 할 수 있을까요.

난 잘 모르겠어요. 넓은 세계를 가르고 가르고 또 가르는 일. 한 뼘의 왕궁에서 저마다 다른 목소리를 내는 일이 우리를 정말 안전하게 해줄 수 있을까요. 나에게 필요한 건 그저 이따금 함께 걷고 웃으며 헤어질 수 있는 이웃인걸요.

익숙함

어제는 처음 닿은 공간에서 한나절을 보냈어요. 크고 어두워서 책을 읽기에 좋은 곳은 아닌 것 같아서 늘 지나치기만 했는데, 그 시간이 아쉬웠을 만큼 좋았죠.

무거운 녹색 문을 밀며 그곳에 들어서게 된 건 갑작스럽게 문을 닫은 카페 J 때문이었어요. 늘 가던 곳이었는데 아무런 말도 흔한 쪽지도 하나 남기지 않고 닫혀버린 문 앞에서 잠시 허망한 마음이 됐죠. 커다란 창 너머로 뒤집어진 의자와 어질러진 집기들을 보며 사장님의 서늘한 인상을 떠올렸어요. 조금은 무뚝뚝했어도 커피 맛이 참 좋았는데 무슨 사정이라도 있던 걸까. 매일 같이 들렀어도 겨우 한 시간 남짓 머무르는 게 전부였으면서 주제넘은 참견을 해보다 코너를 돌아서 그곳에 닿게 된 거죠.

커다란 책장에 헌책들이 빼곡했고 재즈와 올드팝이 흘러나오는 곳이었어요. 어떤 분위기를 내기 위해 꾸며진 공간이라기보다는 그저 오래된 것들이 서로의 곁에 기대어 조금씩 스러져서 가는 듯한 느낌이었어요. 특정한 취향도 질서도 없이 가득 채워져 있던 책장은 멀리서 보면 근사했지만 가까이 다가가서 보면 개연성 없는 책들이 아무렇게나 꽂혀 있었어요. 천자문 만화책과 오래된 전공 서적까지 찾을 수 있었죠.

평소였더라면 조금 김이 샜을 거예요. 그런데 이상하죠, 어제는 그 만화책이 저에게 묘한 안도감을 주더라고요. 생면부지의 공간에서 유년 시절에 함께 했던 친구라도 만난 것처럼 긴장이 풀렸어요. 그 낡은 친구를 펼쳐 보는 일은 없었지만요.

대신 가져온 책을 읽었어요. 400페이지가 훌쩍 넘어가는 무거운 책을 며칠째 가방에 넣어 다니고 있었어요. 어디서든 틈이 생기면 펼쳐 읽었지만 좀처럼 속도가 나지 않는 어려운 책이었어요. 평소라면 더 긴 시간이 걸렸겠지만, 어제 그곳에서 그토록 마주하고 싶었던 마지막 장을 펼쳤어요. 거짓말 같았어요. 나에게 독서는 무척 까다로운 환경을 요하는 시간이었거든요.

때로는 집도 회사도 책을 읽기에는 어려운 공간이었어요. 그 탓에 책과의 동행은 길어졌죠. 맞아요. 제게 몰입이란 외부의 감각보다는 내면에 달린 것이었어요. 그토록 자주 들렀던 카페 J에서 읽은 페이지들을 모두 합쳐도 아마 한 챕터를 넘기지 못할 거예요.

재밌는 일이죠? 이럴 줄 알았다면 무거운 책을 짊어지는 행군이 이토록 길지 않았을 거예요.

이제라도 이곳에 자주 제 시간과 마음을 두려고 해요. 읽히지 않던 책과 해석하기 어려운 감정에 온전히 집중할 수 있는 곳이라면 그곳이 곧 제가 있어야 할 곳일 테니까요.

이야기가 길어졌어요. 그러니까 제가 하고 싶은 말은 우리가 겨우 한 계절을 함께 지나는 중이라고 해도, 서로의 집이 될 수 있다는 거예요. 겨우 한나절의 시간을 보낸 그 공간이 제게 집보다 더 아늑했던 것처럼요.

낯선 선물

　여름밤만 되면 달뜬 얼굴로 밤하늘의 별을 바라보던 친구들 사이에서 큰 감흥을 느끼지 못하던 저는 어른이 되어서야 하늘을 자주 올려다보게 되었어요. 익숙한 산책길에서 보내는 시간도 길어진 것 같아요.

　어제와 다르게 짙어진 녹음과 사라진 꽃잎들을 헤아려보는 시간이 많아졌거든요. 이따금 낭만적인 제 자신이 감격스럽다가도 가끔은 지나치게 감성적인 사람이 된 것은 아닐까 싶어요.

　오늘처럼 가만히 생각에 잠기는 날에는 꽁

꽁 언 땅 위를 발이 시리도록 걸어요. 갑작스럽
게 내리는 비를 피할 생각도 않고요.

이제는 마치 하늘과 땅이 아니면 고갤 둘 곳
없는 사람처럼 온종일 길 위를 배회해요. 어쩌면
내게 집은 몸을 누이는 곳이 아닐지도 모른다는
생각을 하면서요. 수년째 거리를 배회하며 땅을
베고 하늘을 덮는 이들에게도 단 하루쯤은 이런
순간이 있었을까요.

이토록 아름다운 곳을 값없이 거닐 수 있다
는 게 낯선 선물처럼 다가오는 때가 있어요.

식사

이따금 생각나는 식사가 있어. 맛보다는 색과 소리로 기억되는 식사. 우리가 그날 어떤 이야기들을 재료 삼아 서로의 순간을 다정하게 요리했는지, 천천히 음미하며 새롭게 발견했던 맛과 향이 얼마나 근사한 배경이 되어주었는지,

그날의 기억을 꺼내면 피로에 사라졌던 입맛이 돌아. 건강한 대화는 언제나 지친 몸과 마음에 윤기를 내.

주어진 그대로

제각각의 모습을 사랑하는 연습을 하고 있어. 균일하게 정돈하고 싶은 마음이 헤치는 것들이 있다는 걸 알게 되니 그대로 내버려 두는 게 무심만은 아니란 걸 자연히 배웠어.

여전히 거슬리는 것이 있지만 그것이 지금을 헤칠 만큼 거창한 이유는 되지 않는다는 사실을 잊지 않으려고 해. 곧 익숙해질 거야.

주어진 그대로, 그대로 두는 일.

순물의 시간

새벽에 피어나는 마음에는 진심으로,라는 단서가 필요하지 않아.

졸린 눈을 벅벅 문지르며, 고꾸라지는 고개를 들어 올리며, 가라앉은 목소리를 띄우며, 시작한 이야기에 불순물이 끼어들 틈은 없으니까.

소멸하는 계절

유난히 포근했던 늦가을 끝에 비가 와. 푸른 새벽, 베란다 밖으로 들려오는 빗소리에 갑작스럽게 떨어질 기온보다 먼저 비바람을 버티지 못할 은행잎과 단풍잎을 직감했어.

집 앞 산책로를 환히 밝혀주던 노랗고 붉은 빛은 서서히 사라져버릴 테지. 무겁고 축축한 바람은 길지 않은 시간 안에 마지막 잎새까지 어디론가 데려갈 거야.

이렇게 한 계절이 가나 봐. 나만 여기 그대로 남겨두고서.

그럼에도 불구하고 흔들리는 아름다움을 알게 되어 다행인 날들이야. 흔들리기에 아름다운, 아름답기에 흔들리는 존재들을 알게 되어서 다행인 날들이야.

추신

보내는 계절

낯을 가리지 않는 내가 말보다도 많은 글을 쓰며 긴 계절을 보냈다는 것을 믿어주는 사람은 없었어요. 하지만 전부 사실이에요. 과묵한 계절을 지나며 언어를 잃어버리지 않을 수 있던 것은 편지를 쓰는 일 덕분이었어요.

언제부터인가 현관문을 나서는 순간부터 나는 나이지만 나만의 것은 아닌 내가 되어버렸어요. 하고 싶은 말보다 듣고 싶어 하는 말을 건네고 돌아오는 낮과 밤이 쌓이며 3년이라는 시간이 흘렀어요. 영원할 것만 같던 찬란한 시절은 희미해졌고 언제라도 곁에 머물러 줄 것이라 믿었던 얼굴들은 허무하게 사라지기도 했어요.

문장의 시작이 되어준 세계가 사라지는 것만 같았죠. 써야만 하는 작가라는 직업에 위기를 느낀 것은 처음이었어요.

매일 밤 쓰고 아침이면 부지런히 지우는 혼자만의 줄다리기에 지쳐갈 때쯤, 책장 구석에서 구겨진 편지들을 발견했어요. 엉망인 글씨로 쓰인 수신자가 불분명한 편지들이었어요.

'당신, 너' 혹은 이니셜에 가려진 이름들에게 사랑을 고백하고 울분을 터뜨리고 연민을 담아 보내는, 아니 보내려는 시도를 했을 편지. 서로 다른 이름들을 향하여 쓰인 편지를 읽는데 선명해진 건 다름 아닌 나였어요.

사랑에 빠진 문장들
억울함을 호소하는 기호들
슬픔 속을 표류하는 침묵의 여백들

그 속에 수많은 표정을 짓고 있던 내가 있었죠. 꾹꾹 눌러쓴 글자들이 향하는 이름은 불투명해도 그 끝에는 언제나 보내는 사람, 내 이름이 있었어요. 지겹도록 썼던 내 이름이 그토록 반가울 수 있다니요. 잃어버린 언어를 되찾은 사람처럼 나는 매일 밤 수많은 이름들을 부르며 편지를 쓰기 시작했어요.

　모든 편지에는 수신자가 있지만 사실 그들이 누구인지는 중요하지 않아요. 그 이름들과 가까워지고 멀어지는 문장들을 쓰며, 긴 계절을 외롭지 않게 건너올 수 있었으니까요.

　그럼에도 불구하고 지금 이 글을 읽고 있는 당신은 편지들의 수신자가 궁금할 테죠. 보내는 사람으로서 이야기할게요. 편지의 수신자는 결국 편지를 읽는 사람, 다름 아닌 당신이라고요.

내 곁을 머물렀든, 스쳤든, 결코 닿은 적이 없
든 이 길고 지루한 편지의 종착점은 당신이에요.
해묵은 편지를 엮어내며 내내 당신을 떠올렸어
요.

서로 다른 계절과 공간에서 읽어줄 당신의
실루엣을 상상하며 나의 오래된 독백은 마침내
끝을 맺습니다. 비로소 저에게도 보내는 계절이
당도했네요. 한결 가벼워진 마음으로 책을 덮습
니다.

가깝고도 먼 당신에게

보내는 사람, 가랑비메이커

앞으로도 종종 편지가 늦을 예정이에요.

나의 침묵은 무심보다는 진심으로 기울어요.